나는 없네

황금알 시인선 113
나는 없네

초판발행일 | 2015년 9월 25일

지은이 | 홍지헌
펴낸곳 | 도서출판 황금알
펴낸이 | 金永馥
선정위원 | 김영승 · 마종기 · 유안진 · 이수익
주 간 | 김영탁
편집실장 | 조경숙
표지디자인 | 칼라박스
주소 | 03088 서울시 종로구 이화장2길 29-3, 104호(동숭동, 청기와빌라2차)
물류센타(직송 · 반품) | 100-272 서울시 중구 필동2가 124-6 1F
전 화 | 02)2275-9171
팩 스 | 02)2275-9172
이메일 | tibet21@hanmail.net
홈페이지 | http://goldegg21.com
출판등록 | 2003년 03월 26일(제300-2003-230호)

값은 뒤표지에 있습니다.

ISBN 979-11-86547-08-3-03810

*이 도서의 국립중앙도서관 출판예정도서목록(CIP)은 서지정보유통지원시스템 홈페이지(http://seoji.nl.go.kr)와 국가자료공동목록시스템(http://www.nl.go.kr/kolisnet)에서 이용하실 수 있습니다.(CIP제어번호: CIP2015024238)

나는 없네

홍지헌 시집

황금알

| 시인의 말 |

첫 시집이 너무 늦었다.

늦은 등단의 결과로 부끄러울 따름이지만

부끄러움도 허영일 수 있다는 생각에 감사하는 마음으로 바뀌었다.

시인의 길로 인도해 주신 마종기, 신승철 선배님께 감사드리며 한 시절을 묶어본다.

잘 가라, 그 시절.

차 례

1부 잘 가라, 그 시절

2부 어머니 손잡고

3부 거미는 무엇으로 사는가

4부 누가 이 나무를 모르시나요

5부 구름 인연

1부

잘 가라, 그 시절

나는 없네

바다를 배경으로
하늘을 배경으로
내 아이들이 웃고 있네
함께 있었지만
나는 없네

사진 속 작은 바다에서
파도가 밀려오고
파도가 부서지네
사진 속 작은 하늘에서
구름이 피어나고
구름이 흩어지네

세월이 지나가는
바닷가 간이역에서
내 아이들이 웃고 있네
환하게 웃으며
없는 나를 보네

추억의 사진첩

아이들이 밤새 아픈 날
아내가 지쳐 우울해진 날
추억의 사진첩을 펼쳐 보자
사진 속에는
세월이 가져가 버린
빛나는 내 청춘과
해맑은 신혼 아내와
젊고 건강하신 부모님과
행복에 겨운 내 아이들이 들어있다
아! 그립다
고단한 삶을 잠시 접고
추억의 사진 속으로
들어가고 싶다

지난겨울은 따뜻했네

작아진 큰 아이의 옷을 입고
지난겨울을 따뜻하게 보냈네
헌 옷 입는 나의 내력은 그 역사가 유구하여
어릴 적에는 형님들 옷을 내려 입었고
대학 시절에는 아버지의 헌 외투를 걸치고
궁핍과 낭만의 시절을 보냈네
돌아보면 모두 소중한 시절이었지만
아들의 헌 옷을 입는 요즈음이 더 따뜻하네
아들의 옷은 나를 젊어 보이게 하고
옷에 배어있는 큰 아이의 체취는
혼자 있어도 함께라고 알려 주네
아비라는 사실을 새삼 일깨워 주네

여행

오랜만에 가족 여행을 했습니다
깊은 계곡과 숲을 보았습니다
바람과 번개와 구름
비와 우박과 무지개가 살고 있었습니다

숲 속 깊이 들어가 보고 싶었습니다
아내와 함께
내 아이들을 데리고

오랜만에 가족 여행을 했습니다
맑은 호수를 보았습니다
청년 시절 내 가슴에 고여 있던
신선하고 감미로운 감정이
다시 솟아오르는 것을 느꼈습니다

아이들과 함께
호수의 속마음을 향해
조약돌을 던졌습니다
호수는 이내 파문을 지워 버렸습니다

저렇게 고요히 있으면서
이렇게 마음을 흔들어 놓는 걸 보면
호수는 아주 위험한 곳입니다

오랜만에 가족 여행을 했습니다
내 마음속에
깊은 계곡이 생기고
숲이 우거지고
맑은 호수가 고이는
짧고도 아주 긴 여행을 했습니다

히야신스

우리 집 창가에는 히야신스가
물 반 컵과 햇살만으로 자라고 있습니다
히야신스는 햇빛 밝은 이 세상이 궁금한지
정수리를 열고 초록색 싹을 틔웁니다
히야신스 속에는 무슨 색 꽃이 들어있는 지 궁금합니다

창밖으로 히야신스 껍질처럼 얇은 어둠이 옵니다
아이들은 집안의 모든 장난감을 깨워 놓더니
애벌레처럼 고물거리다가 번데기처럼 잠들어 있습니다
아이들 속에는
어떤 나비 날개가 숨어 있는지
그 날개로 어디까지 날아갈지 정말 궁금합니다

창밖으로 어둠은 히야신스 구근처럼 두터워져 갑니다
눈이 오고 있는지도 모릅니다
내일은 어떤 날이 밝아올까 생각하며
히야신스 껍질 속으로 들어갑니다
정수리에 돋은 초록색 싹을 가만히 흔들어 봅니다
내일은,
내일은 바로 새해 첫날입니다

잘 가라, 그 시절

색 바랜 반소매 티셔츠를 입고
아내에게 물어본다
이 옷 보면 생각나는 거 없수?
너무 낡았네, 이제 그만 입어요
그래 너무 낡았지, 세월이 많이 흘렀으니까
십 년이 넘은 하늘색 줄무늬 반소매 티셔츠
다시 아들에게 물어본다
이 옷 보면 생각나는 거 없니?
아빠, 옷이 작아 보여요
배가 볼록 표가 나요
그래 기억 안나겠지, 세월이 많이 흘렀으니까
가족끼리 친구끼리
같은 옷만 입어도 행복하던 시절
기억하고 있을게
잘 가라, 그 시절

독서실, 위너스 스터디

만복 슈퍼 골목 안
신세계 고시원 지나
위너스 스터디 독서실에서
아들은 고시 공부를 한다
새벽에 내린 비로 번들거리는 길
아들이 흘린 땀 같다
어둠이 서서히 물러가는 거리에
아침 안개가 붉다
고향에 계신 어머니가 보내주신
부적 색깔 같다
골목의 상호들
왜 그리 슬프게 들리는지
복을 가득 얻으라고
새로운 세상을 찾아가라고
모두 승리자가 되라고
간절한 기도가 서럽게 묻어있다
신림동 고시촌 슬픈 이름의 전설에
아들은 언제 종지부를 찍을까

아들을 기다리며

목동 청솔학원 앞에서 아들을 기다리네
누구를 기다리는지도 모르는 기다림으로 시작된
나의 기다림은 이제 오랜 습관이 되었네
자정 가까운 시간
지금 나는 피곤에 지친 내 아들의
멀고 먼 기다림을 함께하는 것이리
그 기다림의 배경에
불 꺼진 천주교 목동 성당
저 멀리 불빛 밝은 하이페리온이 보이고
비상등 깜빡이는 차 안에 내가 있네

아직 가지고 있겠지

아직 가지고 있겠지
만나는 모든 사람들에게 보여주던 눈웃음
호기심에 빛나던 눈동자
슬플 땐 꼭 벽에 기대고 울던 순정파 눈물

보여주지는 않지만 모두 가지고 있겠지
맛있는 식사 때의 환한 얼굴
내가 아플 때 보이던 걱정스러운 표정
옛이야기 들려주면 더 감동적으로 화답하던
초롱초롱 눈망울들

책갈피 어딘가에 끼여
나날이 쌓이는 과제물 더미에 묻혀
쉽게 찾을 수는 없지만
그 모든 것들 아직 가지고 있겠지

육 척 장신으로 변해 자고 있는 내 아이들
함께 잠들어있는 그 모든 그리운 것들
홀연히 깨어나겠지
세상 모든 사람들에게 다시 보여주겠지

세월

아들과 놀고 싶은데
아들은 시간이 없네
바쁜 세월이
아들의 시간을 가져가 버렸네

나는 아들과 말하고 싶은데
아들은 점점 말이 없어지네
바쁜 세월이
아들의 말도 조금씩 가져가 버렸네

세월이 가져가 버린 것과
남아있는 것을 헤아려보니
아직도 남아있는 것들

사랑과 행복과 희망
고독과 불안과 절망
세월이 다 가져가기 전까지는
고스란히 나의 몫이네

과거이며 미래인

입원하신 재활병원에서
손상된 과거를 복원하시느라
아버지, 힘겨워하시네

퇴근길에 들르면 이십 년 전으로 돌아가
알 수 없는 훈화 말씀도 하시고
이미 끝난 문중 일을 계속 보시네

지나간 일
지금 겪는 일
다가올 일들이 회오리치네

재활 병원을 나와 병원 삼 층 빵집에서
소보로빵, 소시지빵, 땅콩 크림빵을 사도
어쩔 수 없이 뿌려지는 슬픔의 분말

밤 열시
야간 학습을 끝낸 아들들에게 빵을 건네면
슬픈 맛을 모르고 즐겁게 먹네

저 모습들 위에 겹쳐지는
내 어린 시절
손잡고 가야 할 멀고 먼 길

내가 해 줄 수 있는 것

이제 내가 아내에게 해 줄 수 있는 것은
그녀가 일상을 이야기할 때
눈을 맞추고 조용히 들어주는 것뿐
사소한 일에도 관심을 보이는 것뿐
보이기 시작하는 세월의 무늬에
미소 띤 시선을 보내는 것뿐
함께 아이들의 미래를 꿈꾸어 보는 것뿐

이제 내가 아이들에게 해 줄 수 있는 것은
그들이 힘겨워할 때에도
힘없는 내 어깨를 잠시 빌려주는 것뿐
이 세상을 충분히 누릴 만큼
가질 수 없다는 걸 이야기하는 것뿐
가장 약한 곳까지 보여주는 것이
나의 사랑이라고 조용히 말해 주는 것뿐

누에의 방

아들 방문에 귀대고
소리 들은 적 있다
사각사각 사각사각
뽕잎 먹는 소리 들렸다
들리지 않는 듯 들리는 소리
흰색 검은색의 두툼한 방에서
아들은
몇 잠을 잘까
몇 번의 허물을 벗고
날개를 달까
사각사각 사각사각
고마운 소리 들렸다
가여운 소리 들었다

신림동 드림마트

큰아들 정의는 고시생
가끔 신림동 드림마트 앞까지 데려다준다
신림동은 커다란 드림마트
아들 또래 젊은이들이
한 모, 또 한 모 자신의 젊음을 베어주고
꿈을 사는 곳
DREAM MART '꿈에 그리던 행복 충전'
T 886-0400
간판을 걸어놓고 드림마트 문 닫혀있다
저 문은 언제 열릴까
전화를 걸어볼까
나도 꿈을 살까
무엇을 지불할까
궁금한 것이 너무 많아 몸만 돌아온다
아들이 종일 머물 곳
내 마음이 들락날락 기웃거릴 곳
드림마트 너머로 아침 해 뜬다

봄 노래

봄이 오면
환희의 노래 부를 수 있을까
어렵게 새끼를 키워낸
어미 새처럼

봄이 오면
다시 꽃 피울 수 있을까
해마다 부활의 향기 연주하는
꽃나무처럼

이 겨울을 보내며
다소곳이 생각해보면
모든 봄은 지나가는 봄
노래 부를 봄은 오지 않은 봄

그래서 더욱 부르고 싶은 노래
혼자 속으로 불러보는
때아닌 봄 노래

2부

어머니 손잡고

두타산 삼화사 종소리

삶은 힘겹고
세상은 어수선한데
홍선생,
어떤 종교를 믿나요?

저는 종교가 없습니다
하지만
고향에 계신 어머니
두타산 삼화사에 시주하셔서
제 이름이 새겨진 종이
날마다 울립니다

뎅-- 뎅--
길게 울리는 그 소리를
서울 바람결에 가끔 듣습니다

세상의 마지막 벽에 기대어
혼자 깨어 있는 새벽에는
제 마음속에서

오래도록 공명하기도 합니다

삶은 힘겹고
세상은 어수선한데
선생님께서는 어떤 종교를 믿으시나요?

아버지의 외투

움베르토 에코를 읽다가
'물려받은 아버지의 자킷처럼 넉넉한'
이라는 구절을 보았다

삼십 년간 닫혀있던 조립식 옷장이 열리며
잊고 있던 아버지의 구식 외투가 떠올랐다

형님들 대학 생활과 함께했던
낡은 체크무늬의
아버지 경제같이 풀 죽은
넝마를 닮아가던 외투

그러나
움베르토 에코의 상상력같이
넉넉한 품을 지닌 채
육십 년대의
칠십 년대의
팔십 년대의 야릇한 냄새를 풍기며
기억 속에서 부활한
아버지의 외투

어머니의 주술

내 어릴 적에, 어머니
귀 파주실 때
파낸 귀지를 귓불에 문지르시며
귀청 밝아라 귀청 밝아라
주문을 외우셨네

세상 소리들이 나를 배척하지 않게
내가 세상의 소리를 등지지 않게
조용히 주문을 외우셨네

아직도 그 주문 효험 있어
나는 온갖 소리를 들을 수 있네
낙숫물 소리, 시냇물 소리
가슴 시원하게 쏟아지는 폭포 소리

점점 어두워지는 한쪽 청력으로
이 세상과 만나시며, 어머니
당신의 신통력을 대물림시켜
내 아이들에게 주문 걸게 하시네

나는 몽골리안 주술사처럼
아이들의 귓불도 비비고, 배도 문지르며
물려받은 어머니의 주문을
나지막이 외우네

아침 운동을 하다가

트레드밀 위를 걷다가 고개를 들어보니
유리창에 비친 아버지 얼굴
땀방울로 얼룩진 얼굴로
빗방울에 흐려지는 아버지를 뵙네
아버지는 아직도 비를 맞으시며
사십이 넘은 아들을
사십 대의 모습으로 지켜보시네
아버지, 이제 안으로 들어오세요
많이 젖으셨네요
얘야, 내 걱정은 말아라
피땀과 눈물에 범벅되어도 보았는데
이 정도는 아무것도 아니란다
얘야, 너는 너무 편하게 땀만 흘리는구나
어려운 시절이 닥쳐올 텐데
얘야, 몸과 마음을 더 단련해야 하지 않겠니
어려운 시절이 곧 닥쳐올 텐데
얘야, 땀보다 더 진한 것들이 필요하지 않겠니
사랑하는 내 아들아

사월 초파일

사월이라 초파일
고향에 계신 어머니 서울로 전화하신다
에미야, 음력 생일이 언제냐
애비 생일은 알고 있지만

팔순 어머니
품 안의 가족들
이름 석 자 생년월일 적어
두타산 삼화사에 연등 다신다

사월이라 초파일
보답하는 뜻으로 아들을 깨워
함께 이른 아침을 먹고
서둘러 학교 앞에 내려주니
아, 이런 심정이셨구나

사월이라 초파일
어머니 내 안에 켜주신
연등 하나

어머니 발톱을 깎으며

인공고관절 수술 후 누워계신
어머니 발톱을 깎아드린다

두텁게 갈라진 발뒤꿈치
무지외반증拇指外反症 엄지발가락
어머니는 불편한 신발을 신고
먼 길을 걸어오셨다

먼지 나는 신작로
시집살이 논밭 길 다니실 때
치맛자락을 따라다니는 강아지였다가
빼둥빼둥 고집부리는 노새였다가
중년이 된 요즈음 나는
어머니에게 무엇일까

상념에 젖은 나를 깨우는
기분 좋아지신 목소리
'얘야, 손톱도 한 번 깎아봐라'

어머니 손잡고

어머니 귀를 본 후
손잡고 골목길 건너
식당으로 간다

어머니는
인공고관절 시술 환자
나의 영원한 중이염 환자
나는 즐거운 우울증 환자

어릴 적엔
어머니 손잡고 가는 것이
출렁이는 기쁨이었는데
지금은 잔잔한 슬픔

어머니는
나의 슬픔에 행복해하시며
내 손을 꼬옥 잡고
힘차게 걸으신다

외로운 저녁 식사

어머니가 보내주신 깍두기에
장모님이 보내주신 생선을 굽고
집에서 기른 콩나물로 차린
저녁 식탁이 풍성하네

큰아이는 먼저 먹고 학원가고
작은 아이도 같이 먹고 티브이 보고
아내는 현재 다이어트 중

생선 한 마리 뼈만 남기고
혼자 다 먹어도
된장찌개, 콩나물, 깍두기를 비벼
밥 한 그릇 다 비워도
배가 허전하네

차린 것 없지만 식솔들 거느리고
위풍당당 식사하시던 아버지
좌청룡 우백호 아버지의 명당자리를
어느새 나는 잃어버렸네

웃으세요, 어머니

아버지 쓰러지신 후 오 년 동안
웃음을 잃으셨던 어머니
이제 웃으세요
아들이 영전해도
시인으로 등단해도
손자들 대학에 합격해도
학위를 따도
웃지 못하시던 어머니
이제 웃으세요
높은 가을 하늘
비 개인 푸른 하늘로
아버지 보내드렸으니
이제는 어머니 웃으세요
마음껏 웃지는 마시고
곱게 잔잔히 웃으세요, 어머니
아버지도 함께 웃으실 수 있게

아버지, 안녕히 가세요

기억해다오
다만 이름 석 자로 말고
아프던 마지막 모습으로 말고
큰소리치던 그 시절 모습으로
나를 기억해다오
서툴렀지만 그것이 사랑이었다고
기억해다오
아버지, 오래 기억할게요
뇌졸중으로 걷지 못하시고
근엄한 표정 잃으시고
말씀 잃으시고
식사의 즐거움 차례로 잃으시던
마지막 모습과 함께
늘 우리들을 독려하시던
영원한 교장선생님으로 기억할게요
아버지의 서툰 사랑 표현
흉보며 놀리며 기억할게요
오랫동안 아버지 것이었지만
이제는 우리에게 와 있는 그것을

오래오래 간직할게요

안녕히 가세요, 아버지

검은 양복이 밝아질까

아버지 장례 때
상복을 빌리지 않고
한 벌 마련하길 잘했다
슬픔이 검은 양복 속에서 편안해지고
검은 양복 속에서 더 정중해진다
옷이 마음을 어루만져주는 것
검은색 속에
평화가 깃들어 있는 것을 알았다
오늘은
검은 양복을 입고
방송사 본부장 문상 가는 날
많이들 모이겠지
서로 잘 웃는 얼굴로 속아주는 친구들
문상 가서 만나도
우리는 마주보고 쓸쓸히 웃겠지
양복을 들추면 쉽게 드러날 슬픔을
우정 덮어 주어 고마운 친구들
중년이 깊어가는 이들에게
검은 양복을 권하고 싶다

더불어 바라건대
검은 양복으로 가릴 슬픔이 없기를
그래서 검은 양복이 밝아지기를

하늘에 구름이

아버지 돌아가신 후
부쩍 하늘에 눈길이 많이 간다
선산으로 모셨지만
하늘 어딘가에 계실 거라는 생각
우러러보면
맑은 하늘에 어느덧 피어나는 구름
아버지 날 낳으시고
세월을 견디시다 하늘로 가시며
생로병사 삶의 모든 것을 보여주셨는데
지금은 내 아이들에게
녹록치 않은 삶을 보여주는 시절
흐르는 세월을 좇다 보니
어느새 사라지는 구름

장조카 장가든다

— 조카 원의에게

겨울이 끝나가는 이월 말
장조카 장가든다

비는 왜 와? 묻던 조카
이제 비의 이유를 아는지
무슨 소리지? 묻던 조카
이제 소리의 정체를 알게 되었는지

등대를 배경으로 하늘을 바라보던
천진한 모습 그대로, 장조카
새색시 만나 장가든다

아버지 가신 하늘에
봄기운 완연하다

눈을 감고 소리를 듣다

거실 소파에 누워
밖을 내다보니
유리창에 점점이 맺히는 비

집안에 가득한
아내의 설거지 소리 사이로
들리지 않는 빗소리 들어보네

들리지 않고 보이는 소리
보이지 않고 들리는 소리

돌아누워 눈을 감으면
보이지 않지만 보이는 모습
들리지 않지만 들리는 음성

3부

거미는 무엇으로 사는가

거미는 무엇으로 사는가

홍익병원에서 보내온 새해 달력
이사장 사모님의 거미줄 사진들로 꾸며져 있다
접사된 거미줄에는
새벽이슬, 햇빛, 풀씨, 꽃잎, 낙엽, 빗방울,
안개와 함께
지나가는 바람이 걸려있다
모두 먹을 수 없는 것들이다
거미는 어디로 갔을까
출렁이는 거미줄에서
반짝 이슬방울 떨어진다

거룩한 사진기

사진 한 번 찍기 힘들다
맞출 눈동자가 없다
눈동자 없는 렌즈가 내 얼굴을 마주 본다
생각의 회로까지 빤히 들여다본다
김치, 치이즈 강한 냄새를 풍기는
거짓 웃음을 가차 없이 구별한다
안면 근육이 가늘게 떨리도록
나의 모든 것을 빨아들이는 렌즈가
하나님 눈 같다
고해성사하지 않아도 다 아시는
거룩한 사진기

시간의 바다

꽃의 시간이 지나고
흙의 시간이 지나고
소복소복 쌓였던 눈의 시간이 녹아
강이 되어 흐르네
그대와 함께 미소 지으며
발을 담근 시간의 강은
빠르게 굽이치기도 하고
천천히 흐르기도 하네
이상도 해라
시간이 흘러든 바다에선
가져왔던 색깔들 모두 사라지고
환한 빛만 남네
자유롭기도 해라
나를 벗어던진 내가
시간의 바다에 들어
둥둥 떠다니다가
깊게 잠기기도 하네
참 편안하기도 해라

이사 가는 여성 의원

어느 날인가
옆 건물 일층 산부인과 원장님
00 여성의원으로 간판을 바꾸고
쁘띠 미용, 경락, 레이저 클리닉
커다란 현수막을 달더니
오늘은 간판은 두고
황진이 수술, 비만치료, 스킨케어
현수막을 걷고 있네
소파, 액자, 재활용 가능한 인테리어 소품들
싣고 있는 용달차
산부인과 원장님 가끔 담배 피우시며
마당에서 서성이실 때
오 층 원장실에서 내려보다
눈이 마주칠까 얼른 창문을 닫았었지
저 마당에서 이곳까지의 거리
이제 가늠할 수 없네

다만 앉아서 그려보다

나의 운명은 자리 지키는 것
환자가 찾을 때까지
하염없이 기다리는 것
기다리며 나그네의 시를 읽는 것
그대여
시간이 빠르게 흘러도
삶의 운행이 마냥 더디다고 여겨지면
눈을 감고
그대 속 나그네를 따라가시라
그의 발걸음 따라
산과 들과 마을에서
나무와 꽃과 사람을 만나시라
감은 눈 속에서
나무가 서걱서걱 흔들리고
꽃이 후두둑 피었다 지고
사람들이 웃으며 이야기하는 속에
함께 있는 그대를 그리시라
어느덧
입가에 가득 미소를 머금은 그대를

선물

누추한 클리닉에 선배님이 방문하셔서
주머니 하나를 건네주셨다
어려울 때 열어봐, 도움이 될 거야
하루를 넘기지 못하고
주머니를 조심스레 열어보니
구름이 뭉게뭉게 피어올랐다
파도가 밀려오고 바다 향기가 났다
바람이 불어오고 꽃잎이 휘날렸다
그리운 사람들의 얼굴이 언뜻언뜻 지나가고
골목길 속으로 고향 집이 보였다
이상한 일이다
말할 때마다 입에서 구름이 나왔다
가끔 눈앞이 흐려지고
도시가 물에 잠겨 바다로 변했다
온몸이 가려워지고
긁는 곳마다 살구색 꽃이 피어났다
바람은 쉬지 않고
머릿속으로 가슴속으로 지나갔다
신기한 일이다
내가 주머니 속으로 들어온 것인가

생계가 걸려있지 않은 일

큰형님은 고향을 지키며 생계가 걸려있지 않은 농사를 지으신다. 작년인가 첫 수확을 나누어 주셨는데, 쌀이 잘고 맛이 없었다. 종가를 지키며 힘들게 시간을 내어 소출에 연연하지 않으며 농사를 짓는 것은 땅에 대해 극진한 예를 갖추는 일이지만, 곡식에 대해서는 또 다른 것인가. 생계를 걸고 목숨 걸고 지어야 하는 것이 농사라면 너무 처절한 곡식에 대한 예의. 생계를 걸고 하는 나의 진료를 생각해 보면 환자에 대한 예의가 아닌 것 같기도 하지만, 인류애만을 걸고 진료해야 한다면 너무 가혹한 의료. 나의 시에는 생계가 걸려있지 않아 빚진 마음은 없지만 시가 깊어지지 않는 안타까움. 이것은 시에 대한 결례의 결과인가. 너무 무정한 문학.

다 보인다

사석에서 코박사님이 말씀하셨다. 의뢰된 환자의 코를 들여다보면 치료한 원장이 어떤 생각으로 환자를 대했는지 다 보인다고. 리더스 포럼 송년회에서 선배 시인께서 말씀하셨다. 시를 보면 그 시인의 독서량, 학력, 학벌, 가정환경까지 읽힌다고. 재경동창회에서 고향 친구가 말했다. 노래방에서 사람들의 노래를 들으면 목소리에 담겨있는 그 사람의 인생 내력이 들린다고. 하늘 아래 숨을 곳이 없다.

일승일패

양목초등학교 교문 앞
일하러 가는 차림의 젊은 엄마가
어린 아들에게 다짐을 받듯 한마디 하니
밑도 끝도 없이 아들도 대꾸한다
'엄마도 일승일패고 나도 일승일패야!'
가방은 무겁고 몸은 가벼운 저 어린이
벌써 투쟁의 생리를 알아버렸는지
기 싸움에서 밀리지 않는다
누구에게 한 번 이기고 한 번 진 것인지
궁금하기도 전에 뜬금없이
나도 한 번 이기고 한 번 진 것 같다
승패의 기억이 선명하지는 않지만
아주 오래전에 한 번 이기고
요즈음에 크게 진 것 같이
패배의 여운이 내 몸에 진하게 남아있다

골목 안 풍경

익숙한 골목을 걸어도
낯선 풍경과 마주친다
간판을 걸고 고객을 기다리는 가게들
학교보다 더 많은 아이들을 가르치는 학원
넓은 정원을 갖춘 저택
대문 옆 쓰레기 더미
예상 가능한 풍경들 틈으로
뜻밖의 아이들이 눈을 비비며
반지하 문을 열고 나오거나
어른의 얼굴을 한 아이들이 불쑥 나타나는
혼란스러운 풍경과 마주치기도 한다
언젠가 본 듯한 얼굴
예전에 살던 곳 같은 기억
누군가를 만날 것 같은 예감
이미 만나고 온 듯한
골목 안 풍경
행복과 청결의 잣대로는 측정되지 않는
굳이 비밀을 감추려 하지 않아도
비밀스러운 곳

동시대인

감기 환자가 콧물을 뿌리고 간다
기침 환자가 내게로 와 가래를 뿌리고 간다
호기와 흡기 리듬을 못 맞추면
콧물 가래 포말을 받아먹기도 한다
동시대를 사는 것은
콧물과 기침을 공유하는 것
같은 의료보험 우산 밑에서 비를 피하는 것
눈부시게도 눈물겹게도 보이는 우산은
비바람 속에서 뒤집히기도 하고
뒤집힌 연못처럼
떠오른 오니들로 악취를 풍기기도 한다
환자들이 뿌리고 간 포말들
한 사흘 머물다 간 후에도
특별히 만진 것 없는 손이 끈적인다
참회하듯 손을 깨끗이 씻어내도
순환의 고리를 돌아
끈적임은 또 나에게로 올 것이다

눈먼 기다림

두근거리며
가슴 쓸어내리며
아득한 수평선 바라보며
많이 기다려 보았지

내 몫이 틀림없지만
내 것이 아니었으면 싶을 때도 있었지

이제 그만 가라고
다시 오지 말라고 멀리 쫓아도
어느새 되돌아왔지

못 견디는 나를 끌고 끝까지 가려고
나에게 스며든
눈먼 기다림

마침내 나는
허기진 그의 숙주라는 걸 알았지

비밀의 화원

아픈 건 참아도
가려운 건 못 참겠다고
중이염 환자가 말했을 때
세상에 못 참을 아픔은 없는 거라고
말하는 것 같았다
사소함이 삶을 더 성가시게 한다고
말하고 싶은 것 같았다
세상에서
복사꽃이 붉게 피고
은행잎이 누렇게 물들어가는 동안
귓속 깊은 곳에
샘물이 솟고
이끼가 자라고
앉은뱅이 꽃이 피기 시작했다
참을 수는 있었지만
막을 수는 없었던
비밀의 화원이 생겨났다
나는 그의 귓속을 엿보면서
그의 말이 큰 울림을 가지게 된 것이
비밀의 화원 때문이라 생각했다

4부

누가 이 나무를 모르시나요

한 송이 꽃

오월 오솔길에 핀 꽃
참 곱다 소리가 저절로 나왔네
(당신도 여전히 멋져요)

부드러운 바람을 느끼며
저 꽃도 곧 지겠지 생각했네
(당신도 언젠가 떠나가지요)

나무 밑을 잠시 서성이며
떨어진 꽃잎 향기를 맡았네
(당신의 이름도 잠시 기억될 거예요)

돌아서서 걷다가
꽃이 말해주는 나의 운명을 들었네
(당신도 한 송이 꽃입니다)

개화산 약사사 길

봄비를 맞으며
떨어지는 흰 꽃잎을 보며
때죽나무 옆을 지나
천천히 걸어가는 저 여인
개화산 약사사로 가고 있다
이 시간 저런 표정으로
저 길을 가는 사람은
그곳으로 갈 수밖에 없다
반대 방향으로 걸어와
차에 올라 후사경을 보면
세월에 그을린 내 얼굴
가족과 환자와 지인들 함께 사는
세속도시에 어울리는 얼굴

어린나무

개화산 산책길에
어린나무를 보았네

실 같은 줄기에 떡갈나무 잎
지나가는 바람에 흔들리네

잎새에 벌써 여기저기
노란색 얼룩, 작은 구멍

돌아보니
큰 나무 그늘에 홀로 있네

늦은 봄날
내 속에 입양한
사고무친 떡갈나무

흔적

산길을 가면
젖어있는 바위와 나무와 길
밤새 산을 넘어간 비의 흔적

비가 흘리고 간 꽃의 체취인가
나무 밑에 묻어있는
희미한 향기

산길을 가면
빗물 고인 웅덩이
비쳐 보이는 하늘과 나무들
함께 흔들리는 내 실루엣

흐르다 고여 있는
고여서 흔들리는
흔들리며 기다려주는 고마운 그대

비 개인 아침 개화산 산길을 걸어가면
궁금한 꽃잎들
어딘가에 남을 것만 같은 내 발자국

개화산에 가면

개화산에 가면
이마를 대고 인사하는 소나무가 있고
꽃잎 얻어오는 때죽나무가 있고
개화산에 가면
다람쥐 숨던 바위가 있고
산책 나온 가족들 돌아보던
굽은 오솔길이 있고
개화산에 가면
연고를 잃어 평평해진 무덤이 있고
하늘길 우러르는 전망대가 있고
개화산에 가면
공들여 쌓고 있는 돌탑이 있고
서로 다른 방향으로 가부좌를 튼
약사사, 미타사, 개화사 부처님이 계신다
개화산에 가면
개화산에 가면

겨울 산에서

겨울 산에서
나무에 귀 대고
딱따구리 소리 들었다
가지 끝에 앉아
나무 찍는 저 소리
공기의 길 따라왔을 땐
은은한 음악이었는데
뼈의 길 따라 직접 오니
도끼질 소리인 걸 알겠네
삶의 모든 무게가 실린 저 소리
산속에서 처연하네
작은 소리
큰 울림
긴 여운
겨울 산에서 들은
작은 나무꾼의 가르침

누가 이 나무를 모르시나요

누가 이 나무를 모르시나요
가는 사슴뿔 줄기에
콩잎을 달고 있는 나무

봄꽃 여름꽃 모두 진 팔월 중순에
향긋한 노란 꽃을 피우는 나무

꽃이 진 자리에
초록색 작은 염주알 열매를 움켜쥔 꽃받침이
구월 지나 시월에 서서히 펼쳐져
다섯 갈래 붉은 꽃잎처럼 변하는 나무

누가 이 나무를 모르시나요
겨울이 올 때까지 붉은 꽃받침이
감청색으로 변한 열매를 받치고 있는 나무

지금은 겨울,
모든 잎 지우고 초라한 떨기나무로
개화산 골짜기에서 봄을 기다리는 나무

누가 이 나무를 모르시나요

나무처럼

매미가 운다
숲이 시끄럽다
나무를 빌려준 것뿐인데
숲이 우는 것 같다
바람이 분다
숲이 흔들린다
잠시 길을 내 준 것뿐인데
숲이 바람을 만드는 것 같다
바람 잦아든 오부 능선에서
나무처럼 한가로이 서 있고 싶은데
슬픔 하나 어깨로 날아와
둥지를 틀고 알을 품는다
기쁨 하나 잠깐 들렀다
멀리 날아간다
매미의 울음과 소나기와 폭설과 매운바람을
모두 받아주는 나무처럼, 숲처럼
슬픔이 제 새끼를 키워 둥지를 뜰 때까지
나를 빌려줄까
내 어깨에 머물러 있는 슬픔이
석양을 배경으로 찬란하다

매미, 시끄러운 놈들

여름 허공은 매미들 세상
온몸을 쥐어짜며 운다
시끄러운 놈들
머리가 아프도록 울다가도
몸을 숨긴 나무 밑으로 다가가면
갑자기 조용해진다
소심한 놈들
빨리 짝을 찾아야 하는 조급함과
노출되지 않아야 하는 절박함이
양 날개에 앉아있다
가엾은 놈들
오랜 기다림 끝에 얻은
단 한 번의 기회를 위해
온몸으로 우는 매미
참을 수도 미워할 수도 없다
난처한 놈들

5부

구름 인연

얼마나 오랫동안

부도정리 좌판에서 산 등산화
튼튼해 보인다
그동안 신고 버린 신발들이 만든
어지러운 발자국들
멀리 돌아 나를 여기까지 데려왔다
부도정리 좌판 같아진 삶
어디로 갈까
어디로 가든 풍경은 점점 낯설어지고
돌아올 수 없겠지
힘이 남아도, 길을 잃지 않아도
돌아올 수 없겠지
숨을 깊게 마시며
새로 산 등산화를 신어보면
바닥을 딛자마자 목적지를 아는 것 같은
가볍고 튼튼한 등산화

구름 인연

구름의 기억, 구름의 행로, 구름의 사연
하늘을 보며 구름을 살피는 것은
천기를 엿보려는 것이 아니다
맑은 날에도 흐려있는 내 마음이
구름과 엮여있기 때문이다

구름과의 인연

혈연이라고 해야 하나
지구의 긴 역사 속에서
저 구름과 내가 원소를 나누지 않았을 리 없다

지연이라고 해야 하나
중력을 거스르지 못하는 몸에 갇혀 있지만
사람의 마음이 구름 동네를 기웃거린 건
어제오늘의 일이 아니다

학연이라고 해야 하나
오늘도 구름 학교에서는
생로병사의 은유가 하염없이 흘러나온다

비로소 바람이 보인다

바람이 불어온다
소리와 흔들림만으로 존재하던 바람의 윤곽을
황사를 통해 비로소 보고나니
이젠 바람이 품고 있는 것들까지 궁금해진다
희석되어 감지되지 않는 것들
사막의 체온, 강의 노래,
대륙의 체취, 파도의 한숨, 꽃의 비명,
사무치는 그리움으로 외쳐 부르는 목소리
바람을 따라나서 대륙을 지나 바다를 건너
기어이 나에게 와 닿은 것들
아직은 도무지 감지되지 않는 것들
모르고 그냥 돌려보낸다면
바람은 얼마나 세상을 떠돌다 다시 찾아올 것인가
지친 바람을 또 만난다 하더라도
그때 내 눈과 귀는 더 어두워져 있을 텐데
바람결을 느낄 수나 있을까
바람결에 담겨있는 부드럽고 뭉클한 것들을
찾아낼 수 있을까

참 이상하다

참 이상하다
그 많던 꿈들 어디로 갔을까
팔다리에 넘치던 힘
가슴에 가득하던 자신감
모두 어디로 사라졌을까
참 신기하다
아직도 나를 놓아주지 않는
부글거리는 욕망
서늘한 불안감
광활한 저 우주에서 날아와
내 안에 살고 있는 불멸의 에너지
그래도 참 다행이다
아직은 고장 나지 않은 내 마음의 건반
두드리면 소리 내어 울어 주는
마지막 나의 희망

집과 하늘 사이

모두가 사랑하고 존경하던
이원상 교수님 돌아가셨다
일 년을 기다리다 입원한
청신경 종양 환자 두개저 수술
하루 전날 돌아가셨다
환자는 황망히 집으로 돌아갔을 것이다
새해 첫날
교수님은 하늘로 가시고
나는 문상갔다 터벅터벅 집으로 돌아왔다
돌아오고 돌아가는 발자국들
집과 하늘 사이에 어지럽다
남아있는 사람들 흉중에
회오리치는 바람
어디로 돌아갈까

웃는 사람들 사이로 조용히 걸었다

아내와 아들과 함께
삼청동 수제비를 먹었다
수제비 냄새, 이야기 소리, 웃음소리 가득한
좁은 식당에 앉아 있는 것만으로도
배가 부른 것 같았다
아내와 아들과 함께
자리를 옮겨 초코렛과 커피를 마셨다
초코렛 향기, 이야기 소리, 웃음소리 가득한
좁은 카페에 앉아 있는 것만으로도
마음이 향긋해지는 것 같았다
아내와 아들과 함께
삼청동에서 인사동까지 걸었다
조용히 걸었다.
거리를 가득 메운 사람들이
밝은 얼굴로 떠들썩 웃으며 지나갔다
아내는 조용히 웃었다
이제 아들은 바쁜 생활을 시작할 것이다
밝은 세월이 떠들썩 웃으며 지나갔다

누가 나를 데려왔을까

누가 나를 데려왔을까
즐거웠던 지난밤
마지막 기억이 지워지고
눈을 떠보니 내 집에 누워있네
누가 나를 여기까지 데려왔을까
행복하던 어린 시절, 젊은 시절
추억의 조각들만 듬성듬성 남아있는데
정신을 가다듬으니
반백의 중년으로 앉아있네
하늘 가득 빛나는 별들 사이
보이지 않는 한 점 지구로
누가 나를 데려왔을까
언제까지 여기에 있을까
세상에 못 믿을 기억 속에
흘러가는 삶
무뎌지는 감각을 추스르며
바닥을 짚고 몸을 일으키네

9호선 공항시장 역에서

9호선 공항시장 역 한산하다
오른쪽에 한 사람
멀리서 보아도 노인이다
구부정한 허리로
천천히 돌아본다
반대쪽에도 한 사람
멀리서 보아도 어린이다
가벼운 몸놀림으로
잠시도 가만히 있질 못한다
너무 멀어서
눈길이 마주치지 않지만
그들이 나를 보는 것 같다
너무 멀어서
확인할 수 없지만
나를 건너
서로를 보는 것인지도 모른다
너무 멀어서
서로 잘 볼 수 없을 것 같다
지하철을 기다리는 동안

어느덧 많아진 사람들 속에 묻혀
이제 보이지 않는 그들

구름을 닮은 것들

주머니 속에
버리지 못한 휴지
지갑 속에
어머니 사진, 지폐 몇 장
가슴 속에
가벼운 역류성 우울
내가 가지고 다니는
구름을 닮은 것들
지난 십 년, 이십 년
너무 달라진 세상, 긴 세월 동안
변함없이 나와 함께 있는 것들
내 생애를 쓰다듬는 긴 바람이 불어오면
바람을 따라나서
다시는 돌아오지 않을 것들

구름의 기억

죽어서 물이 된 모든 것의 모습을
구름은 기억한다
죽어서 물이 된 것들은
땅으로 스며들었다가
바닥을 치고 솟구쳐 올라
바람결을 타고 하늘로 오르면
구름이 된다
뭉게뭉게 뭉클한 기억
새털처럼 가벼운 기억
속이 보이지 않는 검은 기억
구름은 기억을 더듬으며
떨며, 머뭇거리며, 이리저리 밀려다니며
가까스로 생전의 모습을 그렸다가 다시 흩어진다
기억을 되살리는 것도
순간적으로 떠오른 기억을 붙잡고 있는 것도
구름에게는 벅찬 일이다
피어나고 스러지는 구름 따라
내 몸속의 물이 출렁인다

봄날은 간다

태준이 형 군대 잘 갔다 와요.
ㅗㅗㅗ♡ 광원이, 해성이, 진욱이
몇 년째 보이는
통일 아파트 담장의 붉은색 낙서
통일 아파트 사람들 속도 좋지
저 철부지 낙서 지우지도 않고
바람결에 맡겨두네
태준이 형 제대할 때가 되었을 텐데
동네 동생들 군대 갈 때도 다가올 텐데
태준이 형 늠름한 모습으로 돌아와
동네 동생들 모두 모아
담장 낙서 깨끗이 지우고
통일 아파트 어른들께 인사드리는 날 올까
아지랑이 붉게 핀 낙서 위로
봄날은 간다

가을이 되니

가을이 되니
아내는 나에게 브라운 톤의 양복을 사 주었네
구색을 갖추어 구두와 양말도 바꾸니
아내의 가을은 온통 같은 색감이네

새 양복을 입고 구두를 신고 출근하면
가로수들 깊은 가을을 준비하며
한 잎 두 잎 미련을 버리고 있네

양복을 벗고
흰 가운을 입고 환자를 보네
어쩌면 나는
내 환자들보다 더 심한 환자인지도 모르네

가을이 되니
한 잎 두 잎 무엇인가 떨어지고
떨어져 나가는 것이 무엇인지도 모르고
그 속으로 현탁액 위장약을 삼키네

흰 가운을 벗고 양복을 입고 퇴근하면
가로수들 준비한 가을이 민망하게
어둠에 묻혀있네

어두운 주차장을 지나
내 집 문을 열면
아!
브라운 톤의 온전한 평화가
집 안 곳곳에 가득하네

중년 비둘기

차를 두고 출근하는 날은
어김없이 거리의 비둘기를 만난다
살이 올라 뒤뚱거리는 비둘기들
다가가도 달아나지 않는다
하늘 높이 날아올랐다
우아하게 내려앉는 자태 간 곳 없고
먹이 찾아 기웃거리는 모습
고개 숙인 사람들을 닮았다
천상에서 거리로 내려온 중년 비둘기
퇴화한 새털구름 바라보며
날개 달려있던 겨드랑이를 가만히 만져본다

그대, 인도에 가시거든

인도에 가서 가난을 보고 왔지요
구걸을 부끄러워하지 않고
도움에 감사하지 않고
비참한 가난을 운명으로 여기는 사람들
손이 부끄러워 십 루피도 못 주고
마음속 갈등만 키우다가 그냥 왔지요
인도의 가난은
타지마할의 아름다움보다
아그라 성보다
자이푸르 궁전보다
자이나교 사원보다 더 강렬하게
내 정수리를 후려쳤지요
성스러운 강가Ganga의 안갯속에서
화장터의 연기가 피어오르고
평화롭게 목욕하는 순례자들을 보지 못했더라면
인도 여행은
깊은 감동 없는 깊은 슬픔으로 남을 뻔했지요
혹시 그대, 인도에 가시거든
가난의 바다에 둥둥 떠다니시다가

바라나시로 가세요
강가의 안개에 묻혀 보세요
강가의 안개가 걷힐 때까지 기다리세요
성스럽고 더러운 강가에서 침례 의식을 행하는
순례자들의 평화로운 모습을 꼭 보고 오세요
그대, 인도에 가시거든
성스럽고 더러운 강가에 조각배를 띄우고
한 줄기 연기 같은
한 줌의 재 같은 덧없는 몸을 싣고
물결 따라 출렁이다가 돌아오세요
그대, 인도에 가시거든

* 강가Ganga: 인도에서는 갠지스 강을 강가라고 함.

저 어린 것이

봄비 내리는 사월
송화초등학교 앞 건널목을
어린 것이 엄마 손잡고
뛸 듯이 건넌다

저 어린 것이 그래도
이 세상 살아갈 수 있는 것은
손잡아주는 엄마가 있어서인데

저 어린 것이 영악해서
엄마가 힘없다는 것을 눈치챈다면
상황이 어려워지겠지만

저 어린 것이 아무것도 모르고
그저 좋아 뛰어가니
힘없는 엄마가 없는 힘이라도 낼 수밖에

사월 봄비에
젖은 꽃잎 떨어진다
잎새의 초록 더욱 짙어진다

해설

■ 해설

'무정한 문학'에 바치는 유정한 삶의 노래

김 수 이(문학평론가 · 경희대 교수)

현대인에게 삶은 일상에서 시작하고, 일상으로 귀결된다. 일상에서 벗어나기 위해 떠난 여행은 일상으로 복귀하는 것으로 끝이 나며, 억압적이고 무의미한 일상을 거부하는 시도들은 자유롭고 의미 있는 일상을 개척하는 과정으로 수렴된다. 살아가면서 겪는 뼈저린 상처와 상실의 경험들은 아무 일 없는 무료한 일상이 얼마나 소중한 것인가를 절감하게 한다. 인간과 삶에 대한 위대한 깨달음이 대부분 일상의 사소한 경험에서 비롯된다는 것은 더 이상 놀라운 비밀이 아니다. 문제는 일상 자체가 아니라, 일상을 대하는 우리의 시선이며 자세인 것이다.

이 말은 현대인에게 일상이 삶의 절대 조건이나 무한 감옥이 되었음을 뜻하지 않는다. 그보다는, 현대인으로서 삶을 이야기한다는 것은 어떤 식으로든 일상이라는 토대에서 출발하는 일이며, 일상에서 탈주하는 모든 모험은 다시 일상에 신선한 숨결을 불어넣는 생산적인 행위여야 한다는 것을 의미한다. 일상은 끊임없이 일상 아닌 것(비-일상), 일상을 넘어선 것(초-일상)과의 긴장관계를 통해 생명력과 깊이와 넓이를 충전해야 한다. 우리 현대시의 많은 부분은 바로 굳은 일상을 뒤흔들고, 일상에 각별한 시선과 의미를 부여하는 내적 싸움에 바쳐져 왔다. 예컨대, "이것이 아닌 다른 것을 갖고 싶다/ 이곳이 아닌 다른 곳으로 가고 싶다"(최승자, 「내 청춘의 영원한」)라는 낭만적 열망이 비-일상을 향한 현대인의 열망을 압축한다면, 삶이 주는 많은 괴로움을 잊는 일조차 "참을 수 없이 아득하고 헛된 일이지만/ 어쩌면 세상 모든 일을/지척의 자로만 재고 살 건가"(마종기, 「바람의 말」)와 같은 자기 초극의 정신은 초-일상적 사유의 한 경지를 보여 준다.

홍지헌의 첫 시집에서 우리가 만나게 되는 것은 반복되는, 무기력한, 피로한, 서러운, 뼈아픈, 허무한, 뭉클한, 따뜻한, 행복한, 가슴 벅찬 등등의 일상의 소소한 풍경들이다. 홍지헌 시의 '나'는 시인 자신과 거의 구별되지 않는, 시인-시적 화자-시적 주체가 일체형을 이루고 있는, 별달리 시적 재구성을 거치지 않은, 있는 그대로의 '나'다. 이 '나'가 담담히 토로하는 이야기들과 나지막이 읊조리는 노래들은 소박하지만 깊은 울림의 진정성으로 우리에게 다가온다. 진정성의 윤리란 시인 자신의 삶 자체와 분리될 수 없는 것이어서 시의 논의 영역을 벗어나는 측면이 있지만, 홍지헌의 시들은 진정성 없이는 빗어질 수 없는 시의 민얼굴을 보여 줌으로써 이러한 경계를 무화시킨다.

구체적으로 홍지헌 시의 '나'는 의사라는 직업을 가진, 아들이자 아버지이며 남편인, 평범한 중산층의 중년 남자다. 환자를 진료하고, 한 가정을 책임지며, 틈틈이 시를 쓰는 '나'의 일상은 그리 특별할 것도 드라마틱할 것도 없다. 현대사회를 살아가는 사람이라면 누구나 경험할 법한 보편적인 일들, 즉 일(생계), 부모 봉양, 자식 교육, 질병, 이별(사별), 취직, 여행 등이 시의 주된 질료가 된다. 여기에 의사로서 아픈 환자를 진료하면서 겪는 크고 작은 사건들이 생생하게 보태어진다.

> 세월에 그을린 내 얼굴
> 가족과 환자와 지인들 함께 사는
> 세속도시에 어울리는 얼굴
>
> –「개화산 약사사 길」 부분

> 나의 운명은 자리 지키는 것
> 환자가 찾을 때까지
> 하염없이 기다리는 것
> 기다리며 나그네의 시를 읽는 것
>
> –「다만 앉아서 그려보다」 부분

홍지헌의 시는 철저히 자신의 매일 매일의 일상에서 시작하는 동시에, 그 일상의 중심에 있는 삶의 심연을 향해 나아간다. 일상은 단조롭고 보잘것없는 가운데 불현듯 뜻하지 않은 비극으로 '나'를 압도해 오면서, 깊이를 알 수 없는 삶의 심연 앞에 서게 한다. 홍지헌의 시는 이 삶의 심연 앞에서(조차도) 과장하지 않고, 애써 은폐하거나 에두르지 않으며, 화려한 장치나 수사를 동원하지 않는다. 꾸밈없이 정직하게 시를 쓰는 것만이 시인으로서 자신이 할 수 있고 해야 할 일이라는 듯이, 홍지헌은 한 자 한 자 마음을 다해 행과 연을 이어간다. 이러한 지향성이 일상의 외연보다는 내포를, 일상의 넓이보다는 깊이를 향해 천착해 들어갈 것은 충분히 예측할 수 있는 결과다.

삶의 심연 앞에서 홍지헌이 보는 것은 역설적이게도 어딘가가 비어 있는 여백의 풍경이다. 주목할 점은 여백의 풍경을 만들어낸 원인이 바로 '없는 나'라는 사실에 있다. 이 시집의 서시에 해당하는 「나는 없네」는 홍지헌이 바라보는 일상의 풍경이 '없는 나'만큼 비어 있다는 사실을 선언하는 것으로 자신의 소임을 가름한다. 홍지헌 시의 '나'는 '없는 나'의 부재의 정체성을 포함하고 있는 기묘한 존재(?)인 것이다.

> 바다를 배경으로
> 하늘을 배경으로
> 내 아이들이 웃고 있네
> 함께 있었지만

나는 없네

사진 속 작은 바다에서
파도가 밀려오고
파도가 부서지네
사진 속 작은 하늘에서
구름이 피어나고
구름이 흩어지네

세월이 지나가는
바닷가 간이역에서
내 아이들이 웃고 있네
환하게 웃으며
없는 나를 보네

―「나는 없네」 전문

"바다를 배경으로/ 하늘을 배경으로" 내 아이들과 "함께 있었지만/ 나는 없네"라고 말하는 '나'는 누구인가. 추억의 사진 속에 '없는 나'와, 그 '없는 나'를 이야기하는 현재의 '나' 사이의 간극을 주목할 필요가 있다. 우선, '없는 나'는 '사진' 속의 시공간과 너무나 멀어져 버린 현재와의 격차에 의해 탄생했다. 사진 속에 '없는 나'는 지금은 사라진 그 시절의 나이다. 그러나 과거에서 현재에 이르는 일방향의 시간의 흐름 속에서 사라진 나는 지금 이 순간에도 계속 상실되고 있는 나이기도 하다. 살아가는 동안 상실은 계속된다. 상실한 나는 나이면서 나가 아니며, 부재하면서 존재하는 나이다. 세월이 흐르면서 아이들은 성장했고 부모로부터 분리되었다. 일차적으로 볼 때, 이 시에서 '없는 나'는 아이들에 대한 상실감이 '나'의 상실로 치환된 결과일 것이다. 상실된 나는 나의 타자가 된다. 어린 시절의 아이들과 함께 있는, 빛바랜 옛날 사진 속의 '없는 나'는 과거에도 현재에도 부재하는 '나의 타자' 혹은 '타자로서의 나'다.

유한한 생명을 지닌 인간이 마지막으로 경험해야 할 상실은 자기 자신의 상실이다. 이런 맥락에서 삶의 심연이란, 죽음의 순간에 자신을 완전히 상실하기 전까지, 즉 살아가는 동안 무언가를 상실하면서 끊임없이 자신을 상실해야 하는 비극을 의미한다. 아이러니하게도 이 과정은 나의 타자, 타자로서의 나가 계속 출현하는 과정이 된다. 잃어버린 것들은 단순히 잃어버린 것에 그치지 않고, 나의 존재에 흔적을 남기며 존재 자체를 서서히 지워 간다. 나는 대상을 상실하면서 조금씩 혹은 치명적으로 '없어지는' 것이다. 홍지헌의 '없는 나'는 이렇게 삶에서 무언가를 잃으며 조금씩 소멸해 가는 나다. '없는 나'는 상실한 것을 애도하는 주체이며, 상실을 존재와 삶의 일부로 내면화하는 주체이다. '없는 나'는 "아이들이 밤새 아픈 날/ 아내가 지쳐 우울해진 날/ 추억의 사진첩을 펼쳐 보"면서(「추억의 사진첩」), "십 년이 넘은 하늘색 줄무늬 반소매 티셔츠"를 입으며 "가족끼리 친구끼리/

같은 옷만 입어도 행복하던 시절"을 기억하면서(「잘 가라, 그 시절」), "입원하신 재활병원에서/ 손상된 과거를 복원하시느라" "힘겨워하시는" 아버지를 돌보면서(「과거이며 미래인」), "이제는 오랜 습관이 된", "누구를 기다리는지도 모르는 기다림"을 계속하면서(「아들을 기다리며」) 상실과 부재를 응시하고 환대한다.

상실과 부재를 내면화하는 존재가 갈고닦는 삶의 자세는 '겸손'과 '사랑'이다. 홍지헌의 시에서 겸손과 사랑은 타자를 주체의 의지와 욕망대로 변화시키거나 지배하려는 행위를 거부하는 윤리적인 행위로 발현된다. 겸손과 사랑, 혹은 겸손한 사랑을 실천하고자 하는 홍지헌은 자신의 소명이, "눈을 맞추고 조용히 들어 주는 것뿐/ 사소한 일에도 관심을 보이는 것뿐", "가장 약한 곳까지 보여 주는 것이/ 나의 사랑이라고 조용히 말해 주는 것뿐"이라고 이야기한다. 적극성보다 소극성을, 능동성보다 수동성을 충실히 실천하는 길이야말로 '없(어지)는 나'가 펼칠 수 있는 최상의 사랑이라는 것이다. 말하자면, 홍지헌은 타자의 이야기를 경청하고, 타자에게 자신을 온전히 개방하고 빌려줌으로써 타자를 향한 '적극적인 수동성'(장-뤽 낭시)을 실천하는 중에 있다.

> 이제 내가 아내에게 해 줄 수 있는 것은
> 그녀가 일상을 이야기할 때
> 눈을 맞추고 조용히 들어주는 것뿐

사소한 일에도 관심을 보이는 것뿐
보이기 시작하는 세월의 무늬에
미소 띤 시선을 보내는 것뿐
함께 아이들의 미래를 꿈꾸어 보는 것뿐

이제 내가 아이들에게 해 줄 수 있는 것은
그들이 힘겨워할 때에도
힘없는 내 어깨를 잠시 빌려주는 것뿐
이 세상을 충분히 누릴 만큼
가질 수 없다는 걸 이야기하는 것뿐
가장 약한 곳까지 보여주는 것이
나의 사랑이라고 조용히 말해 주는 것뿐

—「내가 해 줄 수 있는 것」 전문

생각해 보면, '없는 나'는 '나'를 구성하는 핵심적인 원리이자 질료다. 어떤 식으로든 '없는 나'를 포함하고 있지 않은 '나'란 존재하지 않는다. 현재의 나는 과거의 나들이 없어진 자리에서 태어난 '없는 나'들의 누적물이며, 미래에 사라질 나들의 잠정적인 잠재태다. 우리 각자가 생각하는 '나'의 실제 내용물은 상당 부분이 잃어버린 나, 한 번도 가져본 적 없는 나, 아직 도래하지 않은 나들로 채워져 있다고 해도 과언이 아니다. 현재에 부재하는 어떤 것을 미래로 이월하는 마음의 무상無償한 수고를 우리는 '믿음'과 '희망'이라고 부른다.

아직 가지고 있겠지
만나는 모든 사람들에게 보여주던 눈웃음
호기심에 빛나던 눈동자
슬플 땐 꼭 벽에 기대고 울던 순정파 눈물

— 「아직 가지고 있겠지」 부분

비록 실체가 없는 것일지라도, 믿음과 희망을 가지는 일은 필요하고 소중하다. 종교를 갖지 않은 사람들이 시에 거는 믿음과 희망은 아마도 이러한 종류의 것일 터이다. 시에서 슬프고 외로운 풍경이 적막한 아우라를 갖게 되는 비결, 일상의 사소한 일이 과거가 되어 더 이상 가능하지 않을 때 어떤 신성하고 주술적인 분위기에 휩싸이게 되는 이유 또한 비슷한 맥락일 터이다.

큰아들 정의는 고시생
가끔 신림동 드림마트 앞까지 데려다준다
신림동은 커다란 드림마트
아들 또래 젊은이들이
한 모, 또 한 모 자신의 젊음을 베어주고
꿈을 사는 곳
DREAM MART '꿈에 그리던 행복 충전'
T 886-0400
간판을 걸어놓고 드림마트 문 닫혀있다
저 문은 언제 열릴까

— 「신림동 드림마트」 부분

내 어릴 적에, 어머니
귀 파주실 때
파낸 귀지를 귓불에 문지르시며
귀청 밝아라 귀청 밝아라
주문을 외우셨네

세상 소리들이 나를 배척하지 않게
내가 세상의 소리를 등지지 않게
조용히 주문을 외우셨네

아직도 그 주문 효험 있어
나는 온갖 소리를 들을 수 있네

–「어머니의 주술」 부분

「신림동 드림마트」에서, 큰아들은 고시생이다. 아들을 데려다주며 아버지는 신림동의 드림마트 앞에서, 신림동 전체가 "커다란 드림마트"라는 생각에 이른다. 신림동은 "아들 또래 젊은이들이/ 한 모, 또 한 모 자신의 젊음을 베어 주고/ 꿈을 사는 곳"이기 때문이다. 문제는 신림동=드림마트의 문이 굳게 닫혀 있고, 언제 열릴지 모른다는 데 있다. "저 문은 언제 열릴까". 아버지의 질문은 정확히는 무거운 걱정이며 간절한 소망이다. 여기에는 우리 시대 젊은이들이 겪고 있는 사회 진출의 어려움에 대한 연민이 스며 있다. 우리 시대의 젊은이들은 저

마다의 '드림마트' 앞에서 기약 없이 "자신의 젊음을 베어 주"는, 즉 자신의 일부를 기꺼이(?) 내어놓는 힘든 싸움을 계속하고 있다. 이들은 일상 속에서 또 다른 형태로 '없는 나'를 감수하고 살아 내는 중에 있는 것이다.

「어머니의 주술」은 어릴 적 어머니가 "귀 파주실 때/ 파낸 귀지를 귓불에 문지르시며/ 귀청 밝아라 귀청 밝아라/ 주문을 외우셨"던 기억을 현재의 삶의 자세와 연결하고 있다. 어머니의 '귀청 밝히기' 주문은 "세상 소리들이 나를 배척하지 않게/ 내가 세상의 소리를 등지지 않게" 하는 힘이 되었으며, "아직도 그 주문 효험 있어/ 나는 온갖 소리를 들을 수 있"다고 홍지헌은 믿고 있다. 어릴 적 나에게 세상을 살아가는 데 필요한 '소리의 마법'을 걸어 주셨던 어머니는 안타깝게도 지금은, "나의 영원한 중이염 환자"가 되었다.(「어머니 손잡고」) 시집 속의 몇몇 시편들을 통해 알 수 있는 것처럼 홍지헌은 이비인후과 의사이다. "세상의 온갖 소리"를 들을 수 있는 귀를 어머니로부터 물려받은 홍지헌은 이비인후과 의사로서의 일상적인 경험을 다음과 같이 독특하고 아름다운 시로 빚어낸다.

> 아픈 건 참아도
> 가려운 건 못 참겠다고
> 중이염 환자가 말했을 때
> 세상에 못 참을 아픔은 없는 거라고

말하는 것 같았다
사소함이 삶을 더 성가시게 한다고
말하고 싶은 것 같았다
세상에서
복사꽃이 붉게 피고
은행잎이 누렇게 물들어가는 동안
귓속 깊은 곳에
샘물이 솟고
이끼가 자라고
앉은뱅이 꽃이 피기 시작했다
참을 수는 있었지만
막을 수는 없었던
비밀의 화원이 생겨났다
나는 그의 귓속을 엿보면서
그의 말이 큰 울림을 가지게 된 것이
비밀의 화원 때문이라 생각했다

—「비밀의 화원」 전문

「비밀의 화원」은 홍지헌의 첫 시집에서 가장 완성도가 높은 작품 중의 하나다. 의사-시인만이 쓸 수 있는 생생한 삶의 체험이 녹아 있다. 상상력만으로는 도달하기 힘든 현실과 경험의 영역이 있다는 것을 다시금 생각하게 해 주는 시이다. 홍지헌의 시가 앞으로 더욱 성장할 수 있는 가능성은 의사로서의 이 같은 내밀한 경험의 영역에 가장 많이 잠재해 있는 것으로 보인다.

"아픈 건 참아도/ 가려운 건 못 참겠다"는 중이염 환자의 말에서 의사-시인 홍지헌은 "세상에 못 참을 아픔은 없"으며 "사소함이 삶을 더 성가시게 한다"는 삶의 원리를 이끌어낸다. 이 해석은 환자의 말에 깊이 귀를 기울인 결과인바, 귀를 치료하는 의사로서 그는 귀의 물리적인 증상을 관찰하는 것을 넘어 환자의 마음의 소리를 듣는다. 그의 마음의 작업은, 아픔은 참아도 가려움을 참지 못한다는 환자의 "귓속 깊은 곳에/ 샘물이 솟고/ 이끼가 자라고/ 앉은뱅이 꽃이 피"는 "비밀의 화원이 생겨났음"을 발견하는 데까지 이른다. 그러나 충분히 짐작할 수 있듯이, 환자의 귓속에 '비밀의 화원'이 생겨난 기원은 환자의 호소를 무심히 듣지 않고 깊이 공감한 의사의 마음에 있다. "나는 그의 귓속을 엿보면서/ 그의 말이 큰 울림을 가지게 된 것이/비밀의 화원 때문이라 생각했다". 홍지헌 특유의 겸손한 사랑의 삶의 자세를 다시 한 번 감지할 수 있는 장면이다.

물론, 의사로서 병든 환자를 치료하는 일이 마냥 깊은 깨달음이 동반되는 그윽한 일일 수만은 없다. 시 「동시대인」은 의사가 겪는 고충을 가감 없이 진술한다. "호기와 흡기 리듬을 못 맞추면" 환자의 "콧물과 가래 포말을 받아먹기도 하"는 것이 의사의 소임이며 일상이다. "악취를 풍기"는 이 세계의 "오니들"(오니; 하수 처리나 정수 과정에서 생기는 침전물)을 마지막으로 '처리'해야 하는 몫은 바로 의사에게 있다. "동시대를 사는 것은/ 콧물과 기침을 공유하는 것/ 같은 의료보험 우산 밑에서 비를 피하는 것". 병든 육체에서 흘러나오는 '오니들'과 함께하는 의사의 삶과, 의료 제도의 문제까지가 이 짧은 진술에 고스란히 압축되어 있다. 동시대인 모두를 향한 의사로서의 인간애와 그것을 실천하는 과정에서 겪는 현실적인 갈등이 투영되어 있기도 하다.

감기 환자가 콧물을 뿌리고 간다
기침 환자가 내게로 와 가래를 뿌리고 간다
호기와 흡기 리듬을 못 맞추면
콧물 가래 포말을 받아먹기도 한다
동시대를 사는 것은
콧물과 기침을 공유하는 것
같은 의료보험 우산 밑에서 비를 피하는 것
눈부시게도 눈물겹게도 보이는 우산은
비바람 속에서 뒤집히기도 하고
뒤집혀진 연못처럼
떠오른 오니들로 악취를 풍기기도 한다
환자들이 뿌리고 간 포말들
한 사흘 머물다 간 후에도
특별히 만진 것 없는 손이 끈적인다
참회하듯 손을 깨끗이 씻어 내도
순환의 고리를 돌아
끈적임은 또 나에게로 올 것이다

—「동시대인」 전문

'악취'와 손의 '끈적임'을 끊임없이 감당해야 하는 '나'에게 선배 의사는 "의뢰된 환자의 코를 들여다보면 치료한 원장이 어떤 생각으로 환자를 대했는지 다 보인다고" 하고, 선배 시인은 "시를 보면 그 시인의 독서량, 학력, 학벌, 가정환경까지 읽힌다고" 하며, 고향 친구는 "노래방에서 사람들의 노래를 들으면 목소리에 담겨 있는 그 사람의 인생 내력이 들린다고" 말한다. 인간이 한 모든 일에는 그 인간 자신이 온전히 담겨 있다. 아무리 작은 일이라도 그렇다. 그러니, "하늘 아래 숨을 곳이 없다." (「다 보인다」)

또 다른 선배 의사는 어려울 때 열어 보라고 '주머니'를 건네주기도 한다. 하루를 못 참고 열어 본 주머니 속에서는 구름과 파도와 바람과 꽃잎과 고향집 들이 흘러나온다. 시 「선물」은 앞서 살펴본 「비밀의 화원」과 대응되는 작품이다. 환자의 귓속에 '비밀의 화원'이 자라고 있다면, 의사인 '나'의 마음속에는 하나의 마을이 보존되어 있다. '나'의 마음속에 존재하는 평화로운 마을은, "생계를 걸고 하는 나의 진료"가 벽에 부딪힐 때 열리는 공간이다. 이 마을은 홍지헌의 삶에 시가 움트는 방식의 하나를 보여 준다.

> (…) 생계를 걸고 목숨 걸고 지어야 하는 것이 농사라면
> 너무 처절한 곡식에 대한 예의. 생계를 걸고 하는 나의 진

> 료를 생각해 보면 환자에 대한 예의가 아닌 것 같기도 하지만, 인류애만을 걸고 진료해야 한다면 너무 가혹한 의료. 나의 시에는 생계가 걸려 있지 않아 빚진 마음은 없지만 시가 깊어지지 않는 안타까움. 이것은 시에 대한 결례의 결과인가. 너무 무정한 문학.
>
> —「생계가 걸려 있지 않은 일」 부분

"인류애만을 걸고 진료해야 한다면 너무 가혹한 의료"라는 홍지헌의 말은 현실적인 동시에 인간적인데, 의사 역시 한 사람의 직업인이자 생활인으로서 생계에서 자유로울 수 없기 때문이다. 홍지헌은 자신의 "시가 깊어지지 않는 안타까움"이 "나의 시에는 생계가 걸려 있지 않아"서는 아닌가 자문한다. "너무 무정한 문학"은 이렇게 '생계'와 상관없이 홍지헌의 삶에 깊이 뿌리내리고 있다. 단적으로 말하면, 홍지헌은 생계가 아닌 자신의 삶과 존재를 걸고 시를 쓴다.(사실, 생계를 걸고 쓰는 시가 어떻게 깊어질 수 있겠는가.)

"너무 무정한 문학"에 기대어 홍지헌은, 돌아가신 아버지의 삶과 자신의 삶, 아이들의 삶을 하늘과 구름 속에 겹쳐 놓으며 삶의 '생로병사'와 '녹록지 않은' 시련들에 대해 생각한다. 마치, 삶에서 해야 할 가장 고통스럽지만 중요한 일은 소멸의 복습과 예습이라는 듯이 말이다.

아버지 돌아가신 후
부쩍 하늘에 눈길이 많이 간다
선산으로 모셨지만
하늘 어딘가에 계실 거라는 생각
우러러보면
맑은 하늘에 어느덧 피어나는 구름
아버지 날 낳으시고
세월을 견디시다 하늘로 가시며
생로병사 삶의 모든 것을 보여 주셨는데
지금은 내 아이들에게
녹록지 않은 삶을 보여 주는 시절
흐르는 세월을 좇다 보니
어느새 사라지는 구름

–「하늘에 구름이」 전문

홍지헌은 미래의 어느 날엔가, "나를 벗어던진 내가" 들어갈 "시간의 바다"는 "참 편안하"고 "환한 빛만" 출렁이며 더없이 "자유로"운 공간일 것이라고 상상한다.(「시간의 바다」) 유한한 생명을 지닌 존재인 인간은 그 누구도 '시간의 바다'로 흘러드는 삶의 강줄기를 막을 수 없다. 육체와 생명을 다루는 의사인 홍지헌에게도 인간 존재의 유한성은 날마다 경험해도 익숙해질 수 없는 대상이며, 인간의 삶의 의미는 아무리 숙고해도 "도무지 감지되지 않는" 비의에 싸인 것일 터이다.

기어이 나에게 와 닿은 것들
아직은 도무지 감지되지 않는 것들
모르고 그냥 돌려보낸다면
바람은 얼마나 세상을 떠돌다 다시 찾아올 것인가
지친 바람을 또 만난다 하더라도
그때 내 눈과 귀는 더 어두워져 있을 텐데
바람결을 느낄 수나 있을까
바람결에 담겨 있는 부드럽고 뭉클한 것들을
찾아낼 수 있을까

—「비로소 바람이 보인다」 부분

그리고 이 지점에서 언제나 처음인 듯이 시는 다시 시작된다. 홍지헌의 시가 '없는(/없어지는/ 없어질) 나'의 목소리로 삶에 대한 헤아릴 수 없는 의문을 발성하기 시작하는 것도 이 부근에서다. "모르고 그냥 돌려보낸다면/바람은 얼마나 세상을 떠돌다 다시 찾아올 것인가". "그때 내 눈과 귀는 더 어두워져 있을 텐데/ 바람결을 느낄 수나 있을까/ 바람결에 담겨 있는 부드럽고 뭉클한 것들을/ 찾아낼 수 있을까". 대답할 수 없는 이 질문들은, '없는 나'를 수없이 만들어 왔고 계속해서 만들어가야 할 인간의 삶을 진술하는 최상의 형식이 아닐까. 홍지헌의 첫 시집은 대답할 수 없는 것을 대답할 수 없는 자체로 이야기하는 시의 윤리를 목도하게 해 준다.